誕生

二月三十一

誕生的第一天

那天的月光是滿月

夜空上面的星星不停地轉換

分秒不停的繞圈圈

寧靜的夜晚，星空相伴

安眠曲正播放著

唯一的嬰兒，正在安穩的睡著

小小耳朵專注地傾聽

大地母親輕輕地為他唱歌

唱出屬於自己的搖籃曲

我想聽見你　｜　圖文　東明相

推薦序 | 每個人生都有它的重與輕

陳 懷 恩【電影練習曲導演】

我在「練習曲」的旅行中，遇見明相。

儘管我是導演，也是說「練習曲」這個故事的人，

然而我和大家一樣，經過這趟旅程，我才認識了他！

故事中的明相，用他的畫筆描述他遇見的每個人，

我更好奇，生活中的他，專注的眼神背後，記錄了什麼！

對我而言，每個生命都有他的「重」。

明相透過繪畫，讓我深刻地閱讀到他們的「輕」！

在電影裡，我請RUTA（那個在旅行的立陶宛女孩）幫我說：

「……他們看起來好輕，像要飛起來一樣！」

窺視了你

楊麗音【名演員】

喜歡明相看世界溫和的眼神，仍然好奇的探索自己的靈魂。

透過明相的作品，我也窺視了：自己的靈魂！

真實的 演繹

王 曉 書【名演員】

　　初見明相的人，應該都會被他一副陽光男孩的模樣深深吸引，我也一樣。

　　不過這次出書的他，讓我重新認識一個完全不同的明相，從他的圖文當中，展現出來的陰鬱、頹廢、深沈，畫裡有話，不只有話，是有很多很多的話！

　　也許明相不太擅長言語表達，於是透過書寫和繪畫將他對人情世事的觀察、感動、嘲諷，一一印記。

　　時下年輕人正瘋狂崇拜偶像追逐潮流的時候，他卻走向另一條很自我的道路，特立獨行！有著偶像明星外表的他，不在乎大家因為他聽不到的特色而注意他，不過他更想要的注目是，進入他的內心，他的內在世界。

　　首次出版圖文書的明相，的確才藝出眾，如果你已經被他的電影演出深深吸引，那麼你更不能錯過他心裡真實演繹的這一部──《我想聽見你》！

敏銳的 觸角

劉 瑋 慈【名製作人‧經紀人】

　　第一次見到明相，印象最深的就是他那一雙好奇又靈活的眼睛。

　　那雙眼睛總是以比我們都快的速度，不停在觀察著周遭發生的一切。

　　第一次看完明相的插畫，印象最深的，還是畫裡人物的眼睛：每個人物都有一雙和臉和身體不成比例的大眼睛。

　　眼睛，是他最初最敏銳的觸角，就像一部性能優越的相機，幫他記錄著不停移動的人生的風景。

　　「練習曲」的演出之後，明相開始接觸形形色色的人，好像有更多機會傾聽別人的話語，和不一樣的對象交談，身邊需要接納的風景，比過去更加豐富。

　　但大多數的人眼中的他，還是那個單車騎士，是那個努力克服先天障礙，一心向上的優質青年……這些憑藉著影像與報導累積的印象，好像正確，卻似乎並不完整。

　　這本圖文集中，蒐集了從明相學生時代一直到現在的作品，他把眼睛記錄的世界，反芻之後，用文字和畫畫的形式，給呈現出來。

　　那是來自明相內心的聲音，想讓希望更了解他的人聽到的，最真實澄明的聲音。

目錄

目錄

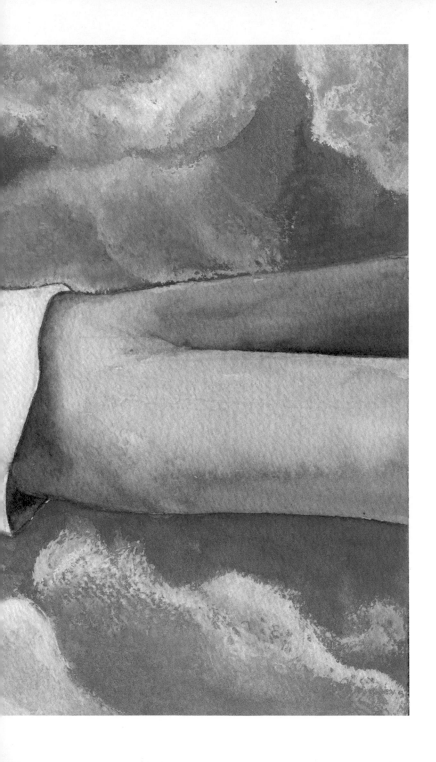

我想　聽見你

我總是專注的聽著。
想要抓住聲音的頻率，想要知道自己的頻率是什麼。

我一直都在聽著，那不全然模糊又有些清楚的聲音。
不止用耳朵，還用皮膚去感受聲波撫過皮膚表面的頻率，那確實存在著的美妙。而我的心，也一直都跟著一起感受。

其實我所聽到的，跟一般人相比，只有一點點不同。

這一點點不同，來自於我嬰兒時期，那不斷的高燒。由於體質，未滿周歲的我每打預防針必高燒，每每讓照顧我的家人心急如焚，日夜不停地照料我到退燒為止。剛開始，家人並沒有發覺我的聽力受損，直到有一回，家門外鞭炮聲大作，許多小朋友用手按壓住耳朵，或者哭鬧吵著找人抱，只有我彷彿沒事般安靜的熟睡，這時，家人才察覺到我的聽覺似乎並不敏銳。

童年時，同年紀的小朋友都在快樂的盡情玩樂，但是我，卻總是在

學習中度過。家人幫我找了個家教，在家教我學習ㄅㄆㄇㄈ。在家人的堅持下，偶爾才能出門去玩的我，時常羨慕那些可以天天出門玩耍的小朋友。

不過也因此，我接觸到了繪畫的世界。從小學開始，我一步步對繪畫產生興趣。素描、水彩、壓克力顏料、油畫、國畫、書法，甚至是紙黏土創作、雕塑、拉坯……一直到上了大學，從來沒有停止過對繪畫藝術方面的學習。

我隨時都拿著畫筆。不管在哪種情境下。
我想我不可能會放下它。

從小到大，我心中都確實的體會到，家人心中對我的擔心，以及那無法避免的虧欠感。不管是父母還是長輩，他們都一直給我很好的生活與教育，甚至堅持我去上正常小孩讀的學校。我很清楚，只要我開口，家人都一定會伸出援手。但我希望，自己能獨立面對未知的未來。

上大學，我第一次離開家獨自生活。畢業後，我選擇留在台北磨練

自己。由於聽力的問題，找工作並不順遂，被一家家企業拒絕。後來，
透過朋友的介紹，去了網路公司上班，從打雜做起，微薄的薪資，連房
租也不夠支付。接著，做了一年的印刷廠美編，一年的攝影棚助理……
深刻的理解自己不適合公司體制，於是，決定自己接案子做唱片包裝、
海報設計，還去做短片的美術助理，就在此機緣下，遇見攝影師陳懷
恩，與他結下了電影之約。

但遇見懷恩時，卻是我人生最低潮之際：經濟拮据，感情的不確
定，生活的挫折。

之所以能走過這段低潮，靠的是創作。

脫離親人的照顧，單槍匹馬來到社會歷練後，我開始書寫與畫畫。
心情越是低落，靈感越是如泉湧。這幾年來，我不停的寫、不停的畫。
越是孤單寂寞，想像力越是天馬行空。

人只有在寂寞時，才能清楚看見自己的需求是什麼。

　　透過創作這些圖像與文字，其實並沒有給我的人生帶來解答。我只是去面對那一般人不願意面對的孤單瞬間，只是去面對不快樂的事實，只是去面對我的本質……

　　與懷恩結識之後，他打量思考我的特質，認為我的特質與他心中的電影藍圖與理想角色不謀而合。這角色他已尋覓許久，但始終找不到合適的人選。為了說服我加入他的創作，他多次跟我描述這部電影的概念與故事，直到我感受他的誠意，願意和他並肩作戰，便開始發想劇本、申請輔導金……電影「練習曲」，就這麼成形了。

　　我的決定是對的。在拍攝「練習曲」的過程中，我發現在台灣的各個角落，有好多好多地方值得我去探險，有好多好多故事等待我去感受它們的魅力。平凡小人物的背後，自有他們樂天知命的哲學；年老者看似已走入人生的黃昏，卻爆發更旺盛的創作力，卻以更溫暖的雙眼來關懷人群。

　　生命的真諦是什麼？是把握機會，去做自己想做的事。透過「練習曲」，我學到了自信，度過了自卑，找到了屬於自己的方向，開心的敞

開心胸接受別人的肯定。

　　電影裡的我，有些特質的確如懷恩的觀察，是我的本質：習慣一個人去面對事物，習慣了一個人去流浪；不喜歡受限制，血液裡是反骨浪子；喜歡安靜的看這世界，欣賞沉默的寧靜。至於自信、樂觀，以及勇敢表達，老實說，這些只是電影裡的我，但如今，我身旁的朋友，似乎感受到這些原本不存在我身上的特質，正在悄悄萌生……或許，拍了「練習曲」，無形中不止影響了某些觀眾的人生觀，也潛移默化了我的性格吧。

　　你認識自己嗎？
　　你拚命地緊抱著快樂，還是拚命說著快樂？
　　你寂寞嗎？你願意去面對寂寞嗎？
　　最後一個問題：
　　你悲傷嗎？

　　這本書，我讓你看到了我的寂寞，我的悲傷，我讓你看見我在嘗試認識自己的過程中，走過的路。

我並不想傳達給你所謂真正的答案，因為答案來自於你自己的想像。

　　看到了一張圖畫或一段文字，它給你的啟發是什麼？你給自己的答案又會是什麼？

　　我很喜歡「東」這個字。
　　日升日落，天體依著軸心不停轉動。
　　日子不停的向前，永遠不停止的進步。

　　我很喜歡「明」這個字。
　　日與月同時存在，不分日夜給人光明。

　　我很喜歡東明相這個名字。

　　我是東明相。

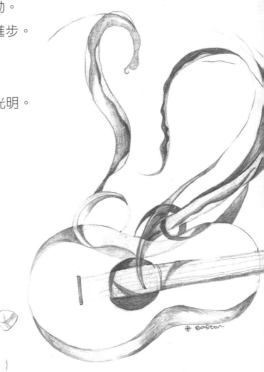

當這個時端結束了

另一端則悄悄地展開了

輯　一　傾聽展開了

星空下

好想化為時空下那不起眼的一顆星

躲在黑夜的角落……靜靜的看著

記憶猶新

我心中有個年老破損的留聲機
我能說話，但是不全清楚
我能聽見，但是不全清晰

一張殘缺的黑膠唱片，黑黑的看穿不透自己

在我心中，有多少個的黑點
多少個的答案，有多少是正確
有多少是失敗

又有多少模糊的理由
在我面前悄悄的過

我真的不理解，這會是我要的答案嗎？

留聲機裡面
我播放著破舊不知名的黑膠唱片
頓斷地　出現雜音的音符

在自己中
有多少的喜怒哀樂，曾經經歷過的年歲

我又了解多少？
知道也有多少呢！

你呢？
知道也有多少……

相信每個人心中都有一張破碎不全的黑膠唱片

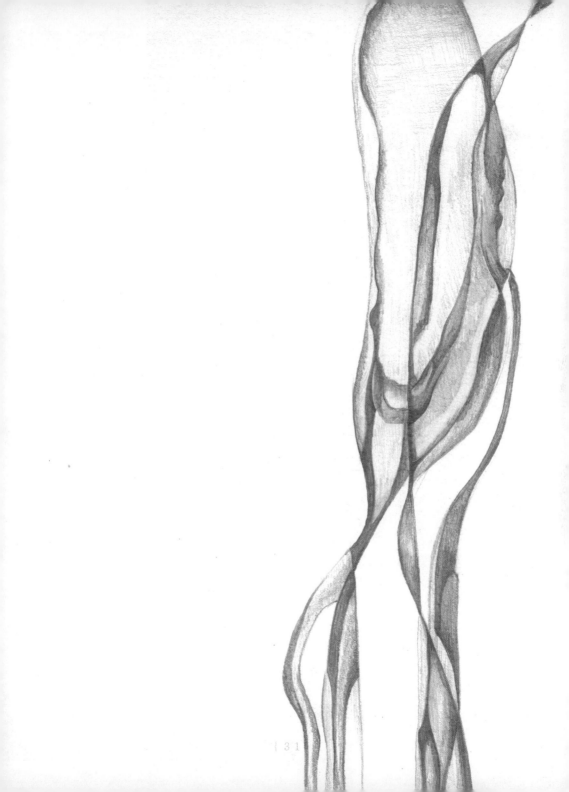

讓我們大聲地　呼吸

讓我們大聲地呼吸

空氣中的寂寞散佈著黑色

讓我還給妳一個陽光空氣……

發現，擁有氧氣，擁有自己

溫暖的週末

慢慢呼吸著外來的空氣

舒服的懶洋洋的躺在草地

大聲地說！

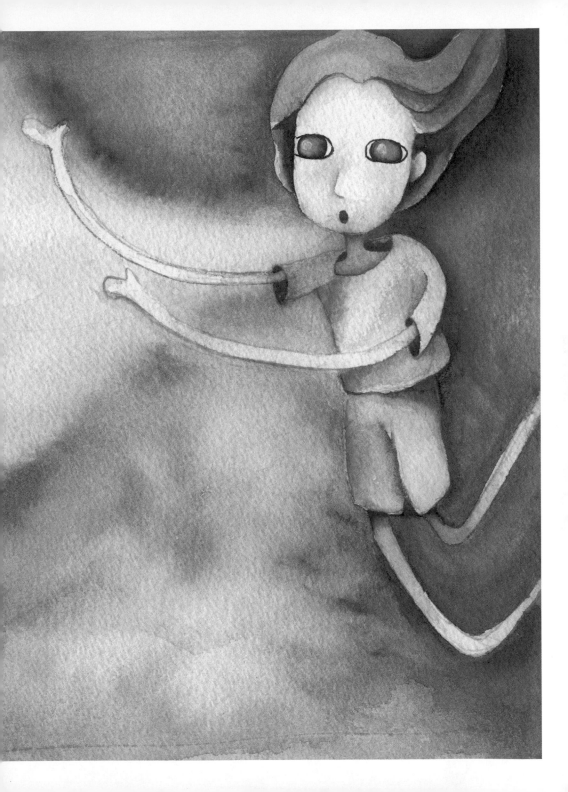

一場戲

彷彿要走進這場戲

演出一個不是我⋯⋯的角色

真真假假中的戲份

我竟迷失了自我

找不到自己　再也找不到自己

我在哪裡呀　真正的我　去了哪裡

應有的終劇　不在我自己

終劇無法完成⋯⋯

動 感

每次聽見這首音樂
自己總是會不知不覺的
隨著身體轉來轉去

我還想像自己站在舞台上面
用力的踏出第一個舞步
享受台下的歡呼掌聲
我還擺脫了緊張不止的律動
看見的是一個充滿了自信
永遠就是這麼的……
是一種理念

夏　天

你看

這是我在海邊的日子

我在戲水，轉身過去

看見海龜還有海星陪著我玩

我還特地吹笛子

我隨意地吹出一首還可以的曲子

於是我擺扭身體，把雙手高舉在上

心情不佳，那又能怎麼樣～

日子照過

它不過是短暫的假象罷了！

前　進

阻擋你前進的人
其實是幫助你更進步的人

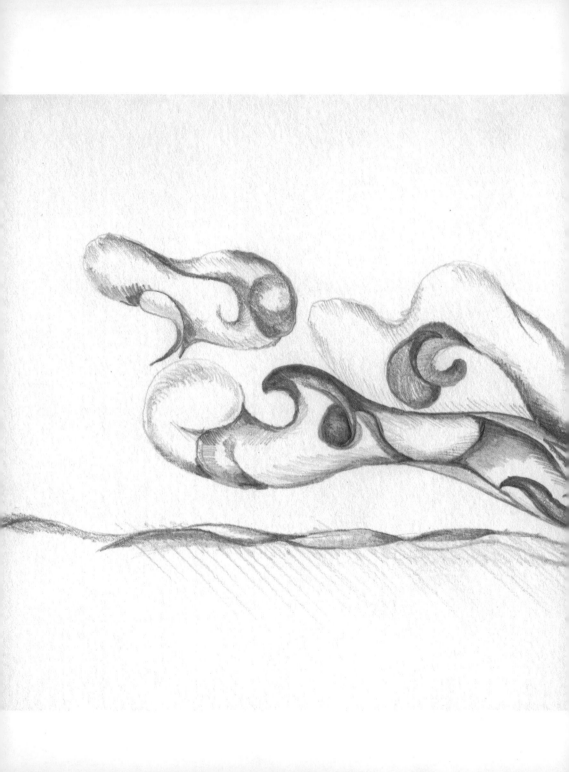

Easton

我想我是 寂寞又美麗

夜空下　我不停的找
答案在哪裡
我不知要找什麼　愛情嗎

我想我是寂寞的
在黑色的思想　在黑色的心思
沒有彩色的陪襯……

我想我是美麗的
唯有黑色能掩埋我的心
沒有彩色的結構……

在逃避什麼
逃避自己的無奈
逃避自己的苦澀
逃避其他的負面

我想，已經不重要了……

失修 老公寓

多年失修老公寓
一間冷清的房間，簡陋的破碎木門
造了再造的地板，牆上壁紙也發黃
留下了不明物體，鐘擺停住了時間

窗框緊縮地關著，空氣瀰漫污濁味
沒有了溫暖，沒有了熱情

外面吹奏寒流聲
房間顯示得還更冷
沒有太多回憶
留下雜亂的畫面
由我任意踩破，再碎裂

以往的憶舊，早已經不復原
曾經多少次，陌生地逗留
過客的時刻，暫時停留

帶來多少無望
多少個奈何，多少難言

有多少的多少，留住一個夜襲

一言一句的形式
你我心靈之間，說不完聊不完

聲　音

聲音

對我來說是一個無法實現的東西

因為上帝少給了我一個東西

卻搶走了我最想得到的東西

我不敢祈求祂能否還我

就請給我最寶貴的聲音好嗎……

聲音……

那是個怎麼樣的感覺

別人說那是很吵很吵的感覺

別人說那是很美妙的感覺

聽到音樂　和人聊天　可聽電話　聊聊天

可是呢！

我卻　無法聽到……

有人問我

愛是什麼樣的聲音

我靜靜地想

思考的想

我想很簡單的

就是「心跳」

輯 二
愛是什麼樣的聲音

花 語

送給妳一朵

裡面有滿滿祝福的花語

每朵都代表一種象徵性

溫暖的句子，都在妳我心中

矛 盾

今天是特別的日子
想和你
說聲「生日快樂」
禮物早已經為你準備好

想親口的對你說
可是我真的矛盾

我永遠都記得某年某月某日
凝望著一張圖

我在做什麼呢？
或許我真的不停的想著吧！

長　髮

我終於了解妳
明白妳的心境
就像是妳的長髮，形成了一條溪
靜靜的流過，連樹葉也散落入水邊
漣漪水紋波起了連環效應

再透過妳的眼神
我了解妳更多，一種安靜的畫面
引起我許多不同的可能性想像

孤單生日

總是一個人

孤單地度過

生日的那一天

只有我自己還陪著自己吧！

安安靜靜地祝福

祝我生日快樂

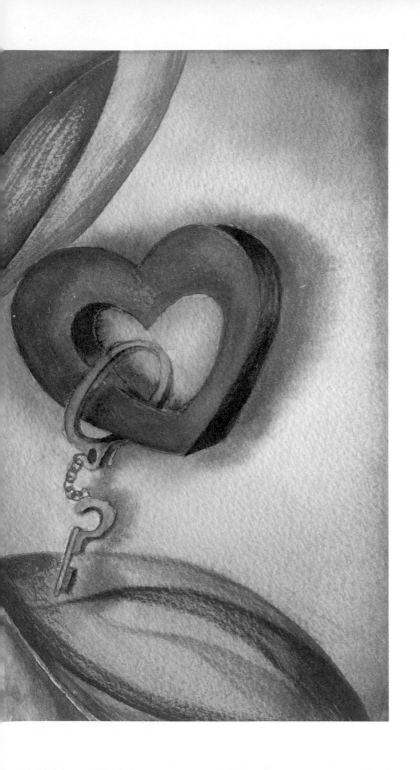

愛情手銬

可怕的，愛情手銬
是它綁住了我的心

是誰綁住我的心
讓我走不出這場戲

綑綁了一輩子
沒有一個是真正的鑰匙

為我解開，又有誰能做到
誰能為你解開這手銬

誰又能說出
這份愛，這份情

有誰能
為愛付出了一切⋯⋯

Aluis
2005. 11. 13

黑咖啡 與 白奶油

淡淡的是奶油
濃濃的，像黑咖啡

拌勻一起
成了「在乎妳」

這就是想念，也許是思念
往往是單一方面

愛的模樣

聽不到愛情的聲音
那種微妙的心跳聲
自己很難去感受到

看不見愛情的面貌
那種臉龐的微笑樣
自己很難去體會到

摸不著愛情的心緒
那種形態的真實感
自己很難去形容到

有我 的 位子

我自己的內心很清楚，在我心中
我很清楚，也很理智

在心中還留著妳的位子，這位子越來越清楚

不知妳呢？在心中，是否有我的位子
清楚嗎？……

默　默

好想化為時空下那不起眼的一顆星
躲在黑夜的角落……靜靜的看著

躲在黑夜的背後，看著妳那模糊的面容
靜靜的看著妳，看著妳就夠了

盼望妳知道有我
默默的看著～
哪位能給妳幸福，就算我是那沙粒
永遠看不到，也摸不著
我化身空氣，我呼吸著

聞聞妳髮髻上的香郁
我在妳身畔跳慢舞
看著妳那亮麗的衣裳
妳笑意散佈在我心中
在我心中抹不去

想透我的 心

想透我的心
起了化學的變化
微妙的心理，讓我不知所措

看穿我的心
化學作用……
意識形態方式，讓我認清自己

心動我的心
心中快速跳動，血液不停發燙熱

想妳的夜晚，是否那樣黑色美麗
想妳的面貌，是否這樣黑色年華

妳呢？是否有和我一樣
有這樣的感觸，那麼深……那樣深……

愛情捕網

總是以為妳選擇離開我
妳就可以過得比我好

但是妳沒有
妳心中還忘不了，也預留我的位子

就算妳還不在我身邊，曾經的我們
擁有過那昔時熱絡

一旦不小心
就會陷入愛情河裡的捕網
把我們兩人緊緊的綁住
無法自拔……

愛情正流逝
我們掙扎脫離那纏繞的捕網
越是掙扎，就越綁得緊
無法解圍……

愛情鬆懈時
熱戀急遽冷卻，心境的破網

心中破了無底洞，補不滿

無法挽留……

激情過後的夜晚，感情急速的冷卻

心跳著化學揮汗，不再像似黏附著

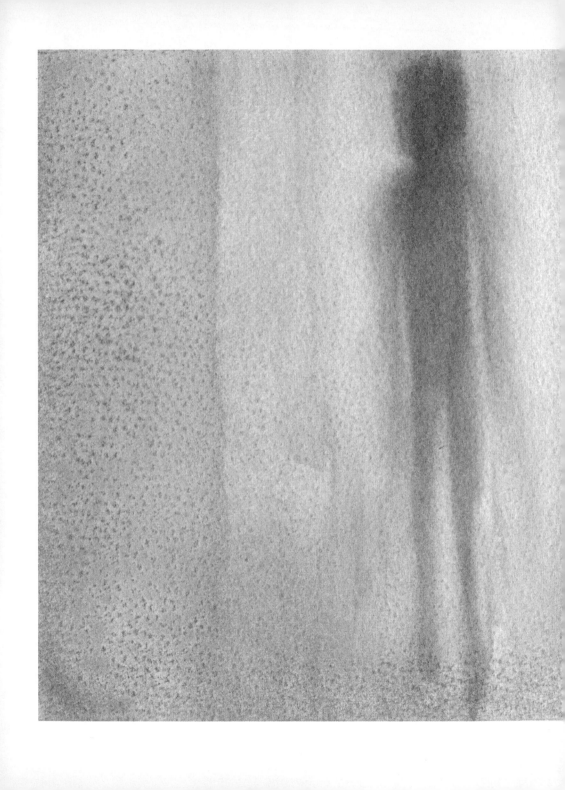

衝　動

有一股衝動想要打電話給妳
在愛與不愛之間

我卻迷惑中，反反覆覆的想著妳
不知道妳今天過得如何

那種猜測真的很不好受

懶懶的
我呼吸著風的氣味
傾聽著花朵仰仰的搖移

聽見**風**的氣味

安 靜

忙碌過後，這一天
是我該靜下來的時刻
應該要去沉思一下
什麼都不看
什麼都不想
什麼都不聽
安安靜靜的和自己聊天吧！
將會發現不同的許多
是自己從未想過的可能性

blue moon

寂寞的月亮
妳為什麼憂鬱
妳身上的光環逐漸地消失，不復見從前的光彩

經過多年的殘跡，不惜自己的迫使
卻不停地照亮大地，照亮人們的靈魂
看穿人的一顆心，孤寂的心思

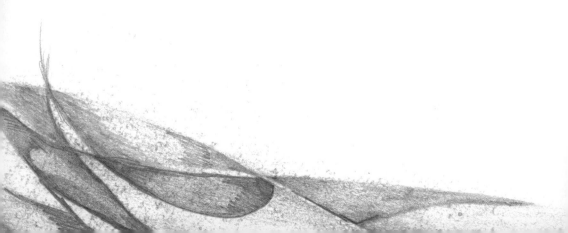

moon

妳在看我嗎？

是的

我在看著妳，我正寂寞

但我不怕

因為我還有妳……moon

陪著我

一起度過整個夜晚，一直到日出……

日日夜夜不斷的重複著

雖然落寞了

單獨一個人

我還是，一個人靜靜的過……

路

路燈休息了，太陽也下班了
黑夜慢慢的來了

星星們也慢慢的露面在空中
月亮偷偷地掀開了面紗，探望著地面上的人們
我抬起頭看天空，天空無邊的一片黑
一日始終地過
一日接著一日

沒有影子 的 你

等著等著，等到最後

我還是等到一個沒有影子的你……

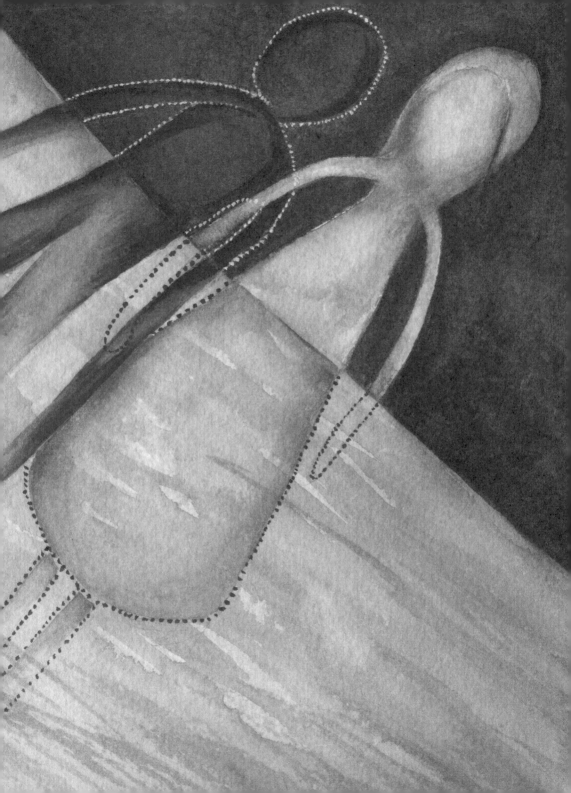

無人 的 紅綠燈

想一個人，無人的紅綠燈
雨中交叉
你我之間，有了一道牆

透明的，堅固的
是無情，還是無理
在你面前
我懂你臉上的情緒
我懂你眼神的呼吶

我懂你的心境
我放下你，也放下自己
任自己落荒
一切也不過是一場夢幻

醒過後，面對面
我撥開光明的一面，接受黑暗的熟識
不回饋付出，就這樣吧

讓自己回到大地
回到平靜

不起眼 的 寂寞

我手裡小心捧著，黑色的寂寞
我清透的看著它，輕撫它

這些看不見的黑暗，看穿手心

看透手裡的背

今夜的天空很美，卻很淒迷

我在你面前，僅是一個小小角色
扮演著黑色小份子，這些不起眼的寂寞

送給和寂寞作伴的陌生朋友

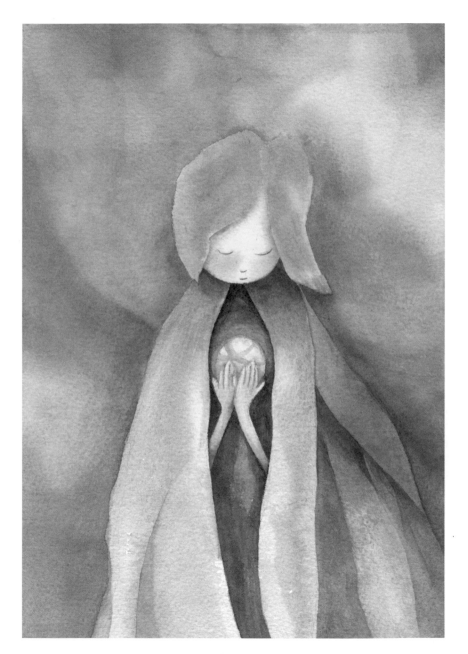

黑暗盒子

我漩渦在黑暗盒子上面
順著黑暗方向走
眼見一片漆黑……無際的界線

我穿不透人的思緒……捉摸不清……人的心思
我不停地尋覓……
只有那一點暗淡無光的塵尾……

夢

我夢見這兒下了雪……
白雪茫茫的覆蓋了我的臉……
身上毛邊大衣……是雪渣……

整個地上白茫茫……整個天空也白茫茫……
身上白茫茫……眼前一片雪……空氣太冷……連淚也化成冰……
眼眶紅了……淚水融化了冰角……

整片山頭白茫茫……

髮梢沾染白雪……心茫茫地……和你嘻笑在白雪皚皚之間……
我好想讓這一切……在這白雪皚皚之間……無止境地蔓延……
凍結……

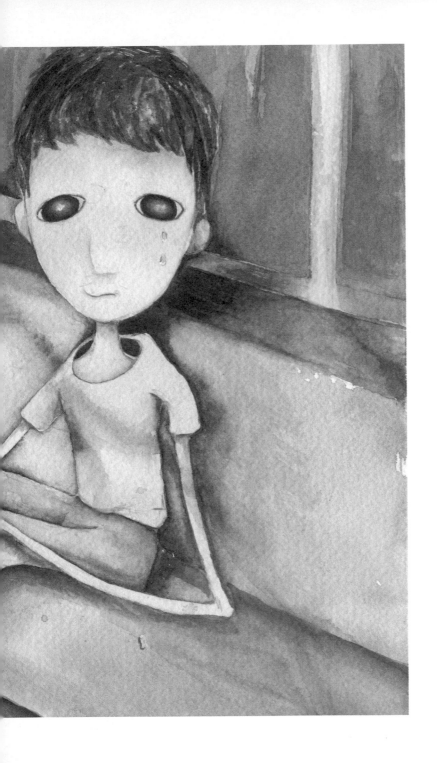

失去依靠

無奈感，無助感，無力感

害怕著，徬徨中

尋找安全的倚靠，但……她還是一個人

在陌生的路口，難免遇上這樣的角色
不管是男男女女，在最後一個生活時
一定會走上
只有一個人的時間

相處久了，感情也膩了
情慾冷卻下降，恢復不再

天空下著毛毛雨
太陽不顧了，接著

烏雲奉命報到
冷鋒隨後將到

暖和不在了，人人冷漠了
我對望著妳，想著妳無奈的淚

妳那發抖的身軀，妳穿著單薄的衣
我卻無法拉一把，任妳一個人流浪
眼前妳漸漸走遠，直到看不見影子
一切都銷聲匿跡

不知道
今天遇見妳，心情是否好多
心情，應該是發生由我

非妳來擔心我
擔保我，妳承受不了

我可以的
我已經承受很大，我已熬過來
不怕再有一次更大的，讓我為妳承受吧！

布偶娃娃

偶然中，遇見一個布偶娃娃
躺臥在垃圾堆中的桌腳

她沒有嘴唇……

輕輕地把她抱起，輕輕的為她拍

為她掃清灰塵，為她清理面容

為她換上新衣裳，為她重新面貌……

為她找個屬於她的位置
特地為她畫上小桃嘴唇

小心翼翼地安撫她……

布偶娃娃眼眶中，流下了
第一顆珍貴的淚滴
我小心地捧著這一滴淚

將它放入小瓶子裡頭，用軟塞子緊緊地壓住

我輕輕地專注，看著眼淚的微妙變化

液體逐漸轉換蒸發，留下兩行乾枯的淚痕

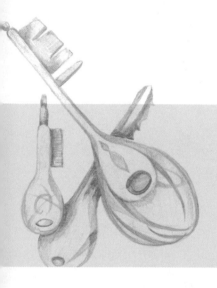

手上有一把鑰匙
你不去開
又怎會知道
這世界會為你而開

為你而開的世界

走出去

心情好
走出外面，瞧一瞧，看一看
也許外面的世界
可以……可以帶給自己一種心情

快樂！歡笑！開心！
妳一定可以的
每個人都可以帶著微笑的
輕輕鬆鬆的和妳說午安
我可以，妳當然可以的

螢火蟲

好熟悉的感覺
有我童年的景處

熟悉的感覺，我童年的回憶
夢幻的回憶，我成長的地方
真實的生活，我快樂的短暫

夜幕中……
我見了一隻隻發光的螢火蟲

千頭萬緒，漫漫散散地飛出來
打亮一片夜色，照亮所有夜景

和黑夜你我競逐
誰是贏家，不得逞

黑夜與光芒
在我眼前輕輕地滑流過……

星夜中

最耀眼的主角們……

為大家努力的發光，消耗自己的動力

努力畫下，夜空的第一頁

美好的夜晚，是無盡的永恆……

蛻　變

為自己蛻變
脫下那黑褐的外衣
換上新的皮殼

面對那不知

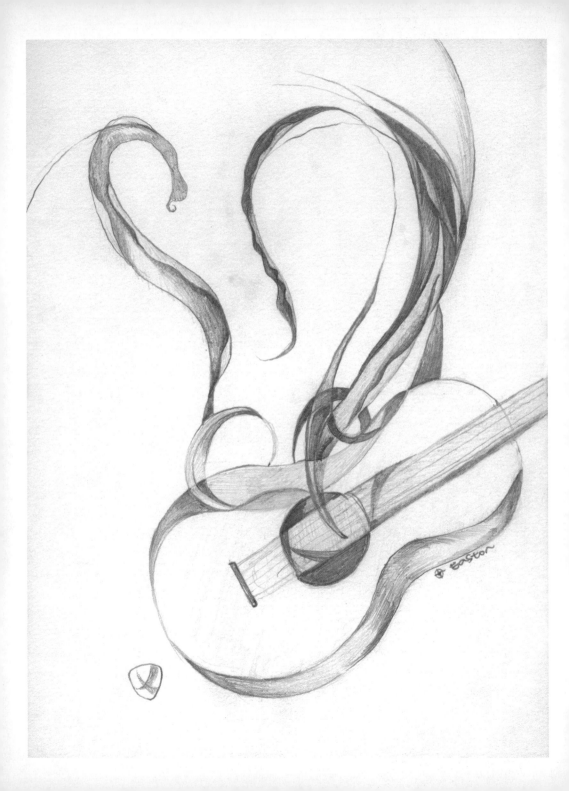

弦　律

有時候

人家的小動作

未來是重要的關鍵

就像一個不起眼的弦律

快樂 的 寂寞

獨自享受快樂的寂寞
就能隨意的任我漂流

孤　單

孤單……那種冷冷清清的感覺
你不一定可以能理會的
只有自己知道那種感受
你能體會嗎？

白 鍵

深夜
我輕輕按著白鍵
為它……起個音
暖個身
讓我為妳彈，彈著淡淡的悲憫

不知不覺

雙手逐漸地加速，我瘋狂的彈著鋼琴

卻無法停歇
我心中的寂寞音訊

一盞小燈彎下身
打照著一個人影
背景一片昏暗

腦筋一片空虛
我身子不停的搖撼
雙手不斷挑釁黑白鍵

從低音到高音之間
反覆穿越著複雜音符

我喝著一杯紅酒，身體充滿點醉意
我唱著隨興的歌聲，野狗貓也跟著吟唱
風雨聲配合節奏

全心地
合力完成寫下
末完成一首
不知名的曲子……

Alvis
2005. 11. 18

一條發光 的 魚

發光魚呀……發光魚……
你身上為何會發光？
光何處來，是自然的光芒？
是什麼光照射在你身上……

站在十字路口中央

我騎著一匹野馬
全速的向前衝
不斷的闖關，不斷的追逐

風聲逆境背叛了我
阻擋了我前進

在我背後隱藏著一位模糊的人形

我看不清楚她的面貌
看不清楚她的眼

隱隱約約的帶著害怕的淚珠
不時的流下
我輕聲問她，妳害怕嗎

妳不敢面對著，寂寞的內心嗎
妳不敢面對，眼前的寂寞嗎

我知道妳把自己隱藏起來

永遠不想面對的時候，這樣做會有效嗎

這樣做等於，自己看不起自己

看不起你自己的一個寂寞

和寂寞做個好朋友

也是一種體會

不要告訴我，妳該怎麼做

只告訴自己，該怎麼做

因為，妳的敵人就是自己

每個人都是如此的角度

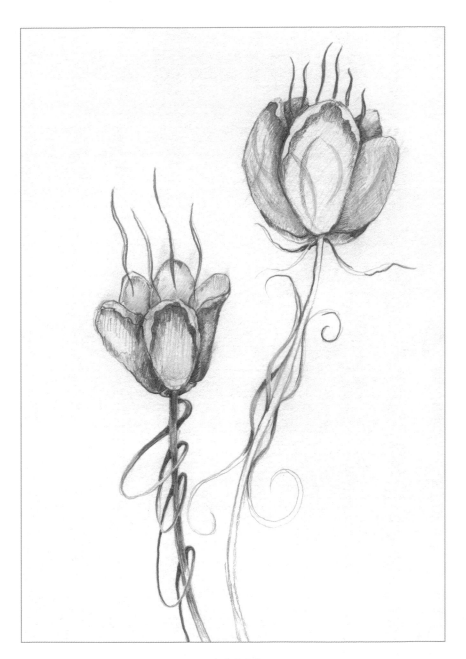

層次方程式

原來，喜歡，是有層次的
不知你是否感覺到，層次不同於層次

變化的多段，說變就變，要直的要亂的，都隨它
喜歡的層次也不一樣了，由淡至深，或是，由深到淡

很難去體會……也很難去享受……

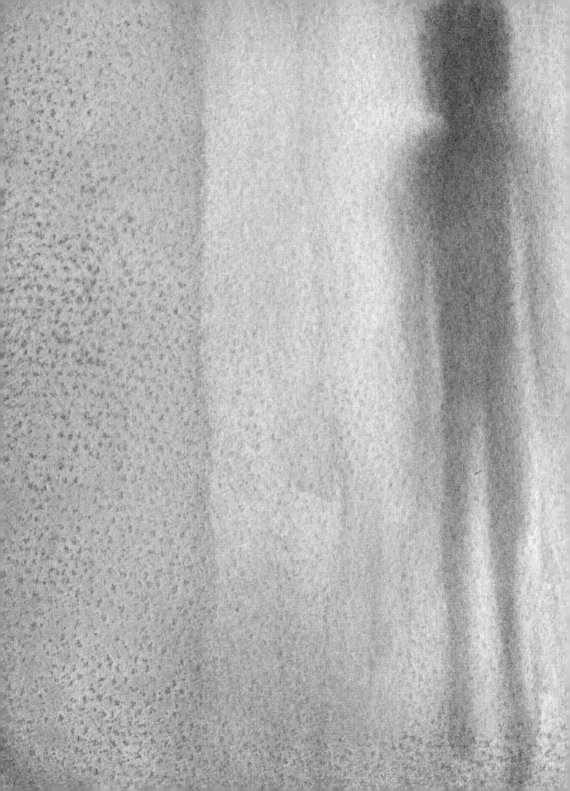

The End 〈有時候……〉

有時候

我很想躺在床上

有時候

我又很想躺在白雲上面

有時候

好多有時候有時候的時刻……

國家圖書館出版品預行編目資料

我想聽見你／東明相著. -- 初版. - 臺北市：

大田，民97.01

　　面；　公分.一（視覺系；22）

ISBN 978-986-179-082-4（平裝）

855　　　　　　　　　　　96023214

視覺系 022

我想聽見你

作者：東明相

發行人：吳怡芬

出版者：大田出版有限公司

台北市106羅斯福路二段95號4樓之3

E-mail:titan3＠ms22.hinet.net

大田官方網站：http://www.titan3.com.tw

編輯部專線（02）2369-6315　　FAX（02）2369-1275

【如果您對本書或本出版公司有任何意見，歡迎來電】

行政院新聞局版台字第397號

法律顧問：甘龍強律師

總編輯：莊培園

主編：蔡鳳儀

編輯：蔡曉玲

行銷企劃：蔡雨蓁

網路行銷：陳詩韻

視覺構成：張珮萁

校對：蘇淑惠／陳佩伶／蔡曉玲

承製：知己圖書股份有限公司·（04)2358-1803

初版：2008年（民97）一月三十日

定價：新台幣250元

總經銷：知己圖書股份有限公司

（台北公司）台北市106羅斯福路二段95號4樓之3

TEL:(02)23672044·23672047　FAX:(02)23635741

郵政劃撥帳號：15060393

戶名：知己圖書股份有限公司

（台中公司）台中市407工業30路1號

TEL:(04)23595819　FAX:(04)23595493

國際書碼：ISBN 978-986-179-082-4 / CIP 855 /96023214

Printed in Taiwan

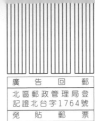
To： **大田出版有限公司　編輯部收**
地址：台北市 106 羅斯福路二段 95 號 4 樓之 3
電話：(02) 23696315-6　傳真：(02) 23691275
E-mail：titan3@ms22.hinet.net

From：地址：...

　　　姓名：...

TITAN
大田出版

智　慧　與　美　麗　的　許　諾　之　地

閱讀是享樂的原貌，閱讀是隨時隨地可以展開的精神冒險。

因為你發現了這本書，所以你閱讀了。我們相信你，肯定有許多想法、感受！

讀 者 回 函

你可能是各種年齡、各種職業、各種學校、各種收入的代表，

這些社會身分雖然不重要，但是，我們希望在下一本書中也能找到你。

名字／＿＿＿＿＿＿　性別／□女 □男　出生／＿＿ 年 ＿＿ 月 ＿＿ 日

教育程度／＿＿＿＿＿＿

職業：□ 學生　　　□ 教師　　　□ 內勤職員　　□ 家庭主婦

　　　□ SOHO族　　□ 企業主管　□ 服務業　　　□ 製造業

　　　□ 醫藥護理　□ 軍警　　　□ 資訊業　　　□ 銷售業務

　　　□ 其他　＿＿＿＿＿＿＿＿＿

E-mail/＿＿＿＿＿＿＿＿＿＿＿＿＿＿　電話/＿＿＿＿＿＿＿＿

聯絡地址:＿＿＿＿＿＿＿＿＿＿＿＿＿＿＿＿＿＿＿＿

你如何發現這本書的？　　　　　　　　　書名：我想聽見你

□書店閒逛時＿＿＿＿＿＿書店 □不小心翻到報紙廣告（哪一份報？）＿＿＿＿＿

□朋友的男朋友（女朋友）灑狗血推薦 □聽到DJ在介紹＿＿＿＿＿＿＿＿＿

□其他各種可能，是編輯沒想到的＿＿＿＿＿＿＿＿＿＿＿＿

你或許常常愛上新的咖啡廣告、新的偶像明星、新的衣服、新的香水……

但是，你怎麼愛上一本新書的？

□我覺得還滿便宜的啦！□我被內容感動 □我對本書作者的作品有蒐集癖

□我最喜歡有贈品的書 □老實講「貴出版社」的整體包裝還滿 High 的 □以上皆非

□可能還有其他說法，請告訴我們你的說法

＿＿＿＿＿＿＿＿＿＿＿＿＿＿＿＿＿＿＿＿＿＿＿＿＿＿

你一定有不同凡響的閱讀嗜好，請告訴我們：

□ 哲學　　　□ 心理學　　□ 宗教　　　□ 自然生態 □ 流行趨勢 □ 醫療保健

□ 財經企管　□ 史地　　　□ 傳記　　　□ 文學　　　□ 散文　　□ 原住民

□ 小說　　　□ 親子叢書　□ 休閒旅遊 □ 其他＿＿＿＿＿＿＿＿＿

一切的對談，都希望能夠彼此了解，否則溝通便無意義。

當然，如果你不把意見寄回來，我們也沒「轍」！

但是，都已經這樣掏心掏肺了，你還在猶豫什麼呢？

請說出對本書的其他意見：

大田出版有限公司編輯部 感謝您！